और
इन सब के बीच

नेहल शाह

प्रभाकर
प्रकाशन

HB ISBN: 978-93-5682-886-5
ISBN: 978-93-5682-568-0
eISBN:978-93-5682-496-6

प्रकाशक: प्रभाकर प्रकाशन
प्लॉट नं.-63, प्रथम तल, मेन मदर डेयरी रोड
पांडव नगर, ईस्ट दिल्ली-110092
फोन: 011-40395855
व्हाट्स ऐप: +91 9319228272
ई-मेल: sales@pharosbooks.in
वेबसाइट: www.prabhakarprakashan.com

प्रथम संस्करण: 2025

और इन सब के बीच
नेहल शाह

समर्पण

जैन सा'ब यानि मेरे पिता
स्व. सनत कुमार जैन की स्मृति को

भूमिका

दर्द की कराह से पीड़ा का गीत

(नेहल शाह की कविताएँ)

युवा कवि नेहल शाह की कविताओं में स्त्री-विमर्श एक आंतरिक विद्रोह के संकल्प के साथ मुखरित होता है। यूँ तो विद्रोह आधुनिक परिप्रेक्ष्य में हर स्त्री-विमर्श का सहज बल्कि अनिवार्य अंग है लेकिन नेहल की कोशिश हर स्तर पर उसे अराजक होने से बचाने की होती है। मुखर होने की कोशिश में अराजक होना बहुत संभव है लेकिन ऐसी संभावनाओं का अंत तभी संभव होता है जब आप निषेध का तापमान नियंत्रित रख सकें। अब नेहल यह इसलिए कर पाई कि वह स्त्री देह और मन दोनों की केमिस्ट्री से जूझने की पुरज़ोर कोशिश करती हैं–

उसके भीतर हर समय चल रही
रासायनिक क्रिया से
उपजता है असंतुलन
जिसे काबू करने को
गैलनों पानी डालना होता है उसे
अपनी भावनाओं पर

(रसायन से चलती है स्त्री)

लेकिन केवल रसायन शास्त्र समझ लेना ही तो काफ़ी नहीं है। किसी रासायनिक असंतुलन पर पानी डालना तो पराजय स्वीकार करना ही हुआ न! स्त्री के पक्ष में खड़ा कोई भी कवि इस तरह समझौता परस्त कैसे हो

सकता है, सो कविता के चरम में वह अपने उस जेनुइन निषेध के साथ अपनी उपस्थिति दर्ज़ कराती हैं–

उसे गाढ़े दाग़ों की काया के साथ
बेदाग़ जीवन जीने का फ़रमान मिला

जबकि होनी चाहिए
उसे आज़ादी
बड़े-बड़े धब्बों के साथ
शान से जीने की।

इस तरह नेहल किसी भी तरतीब के ख़िलाफ़ होती हैं जो जीवन को कथित रूप से व्यवस्थित बनाने का उपक्रम होती है। बेतरतीबी या कहें कि अनुशासनहीनता का यह आग्रह किसी अराजकता का नहीं, उस रूढ़ि या बँधे-बँधाए ढर्रे को तोड़ने का आग्रह होता है। कहना न होगा कि घर को सुचारू और व्यवस्थित रूप से चलाने वाली स्त्री को 'सुघड़' कहा जाता है। यह वह औरत है जो 'स्त्री सुबोधिनी' की गिरफ़्त में है। उसके भीतर सुघड़ता की अपेक्षा के बहाने पुरूषसत्ता क्या उसे एक चौहद्दी में कैद करना नहीं चाहती है? यहाँ तक कि कामकाजी स्त्रियों के लिए भी प्राथमिकता की शर्त घर ही होती है। क्या इस तरह बहुत बारीक तरीके से हम स्त्री को एक बाह्य परिसर जिसमें सामाजिक-आर्थिक-राजनीतिक परिसर सम्मिलित हैं, दूर नहीं कर देते? एक सजग कवि इस झीनी और लगभग अदृश्य लक्ष्मणरेखा को पहचानता है। (अब यह लक्ष्मणरेखा हर बार स्त्री के लिए ही क्यों खींची जाती है, एक दीगर प्रश्न है।) तमाम स्वच्छंदताओं, यहाँ तक कि उद्दण्डताओं को 'आख़िर लड़का है' की माफ़ी में किस सहजता से दफ़्न कर दिया जाता है। नेहल इस निषेध की शुरूआत करती है, चाहे वह दादा की जेब से बीड़ी निकालकर सुट्टा मार लेने से ही क्यों न हो (महान हुनर)।

तब इल्म नहीं था
अपने भीतर की लौ का
उस दिन बीड़ी के साथ-साथ
पी गई थी मैं
अपना एहसास-ए-कमतरी

और उस दिन से
हो गई थी मैं
अधिक बड़ी
अधिक निडर
अधिक विद्रोही
अधिक बदतमीज़
अधिक ग़ैरज़िम्मेदार
और अधिक संवेदनशील

यह दिलचस्प है कि इस कथित लक्ष्मणरेखा को पार करते ही संवेदनाओं के साथ उत्तरदायित्व बोध का भी विस्तार हो जाता है। इस कविता में अराजकता के बीज की जनक बूढ़ी अम्मा के व्यवसाय की तह तक एक कवि-मन उतर जाता है और उसे 'महान हुनर' करार देता है।

स्त्री-विमर्श का एक महत्त्वपूर्ण पक्ष उसका 'देह विमर्श' है। इस शब्द-युग्म से 'विमर्श' को पृथक कर देह को स्त्री के शोषण का प्रमुख हथियार बनाया गया है। स्त्री-देह क्या मात्र एक जैविक संरचना (बायोलॉजिकल स्ट्रक्चर) नहीं है, ठीक पुरूष देह की तरह? लेकिन इसको इतने निषेधों, सीमाओं, रूढ़ियों और इज्ज़त-सम्मान से जोड़ दिया गया है कि वह एक सहज दैहिक संरचना न होकर आश्चर्य-रोमांच-औत्सुक्य का विषय भर बन गई। 'जिज्ञासा में संरचना' इसी विषय पर नेहल की एक महत्त्वपूर्ण

कविता है जिसमें स्त्री-देह को लेकर व्याप्त रहस्य-रोमांच और वर्जनाओं को अद्भुत प्रश्नाकुलता के साथ विन्यस्त किया गया है। कवि ने इस कविता में शब्दों का सावधान चयन किया है। हम पाते हैं कि पूरी कायनात स्त्री-देह को लेकर किसी संवेदित अनुसंधान या प्रेक्षण की पेशकश नहीं करती, बस टटोलती रहती है। जाहिर है कि पुरूष-देह के बरक्स स्त्री-देह को रहस्य के इतने कृत्रिम आवरणों से पाट देना, उसकी देह को सामाजिक मान्यताओं, रूढ़ियों और कथित संस्कारों से आबद्ध कर देना स्त्री शोषण का ही एक मार्ग है। कविता में महाभारत के चीरहरण प्रसंग को रेखांकित करते हुए वह एक बेहद सुलगता सवाल छोड़ जाती है–

और जो समय पर न पहुँचते कृष्ण
तो क्या देख लेते वे लोग एक स्त्री संरचना के अतिरिक्त?

यह प्रश्न स्त्री देह को लेकर तमाम भ्रांतियों और दुराग्रहों को एक ही वार से काट देता है। कविता का क्लाइमेक्स स्त्री के परास्त भाव की तरह नहीं बल्कि एक प्रश्नाकुल संताप की तरह व्यक्त होता है। 'वे लोग' के जरिये समूची पुरूष सत्ता को चैलेंज किया गया है। नेहल की एक कविता है–'जैसे चाँद का मन'। इस कविता में विछोह की वेदना है। वियोग किसी मन की आंतरिक संरचना को किस कदर विक्षोभ से भर देता है, उसकी अदृश्य कोशाओं को विगलित कर देता है, यह अंडरटोन कविता इसका बयान है। कविता में मन के विभिन्न संस्तरों के ट्रांस्फॉर्मेशन की पड़ताल की गई है–

ऐसे ही कई घाव संजोकर
खुरदुरा हुआ है मेरा मन,
किसी अनुभवी पेड़ की छाल-सा
जिसे कोई सहलाता नहीं

किन्तु जो होता है अंकित
इसकी सतह पर,
दीर्घ काल अवस्थित

नेहल निर्जीव वस्तुओं को काव्य-उपादान बनाते हुए उसके भीतर छुपे निहितार्थ, आशय या प्रयोजन को उद्घाटित कर एक सजीव उपादान में परिवर्तित कर देती हैं। यह तभी संभव हो पाता है जब आपके पास एक बेधने वाली अंतर्दृष्टि हो। नेहल शाह की एक ऐसी ही कविता है–'शाही पलंग'। इस कविता में इतिहास, सत्ता, परम्परा और नॉस्टेल्ज़िया का समुच्चय है। एक निर्जीव उपादान के जरिये कवि ने लम्बे समय की यात्रा की है। यहाँ पलंग राजसी सत्ता, युद्ध, संधि और तंत्र की कथा कह रहा है और इस तरह वह एक कालयात्री की तरह वर्तमान में उपस्थित है। सत्ता की तमाम कारगुजारियाँ नक्काशी के आवरण में छुपी हुई हैं जिन्हें उद्घाटित करना आसान नहीं। कविता को पढ़ते हुए यह अहसास होता है गोया हम इतिहास की पुरातत्त्वीय धरोहर के सामने खड़े हैं–

पलंग की श्रेष्ठ नक्काशी के साथ
इतिहास हैं अब
राज घराने की नींद, सपने
उनींदी बिखरी रातें
प्रेम भोग और विरह की यादें
अनगिनत कल्पनाएँ
युद्ध संधि की योजनाएँ

कवयित्री की आकांक्षा है कि काश यह शाही पलंग अपने समय के कुछ भेद खोल दे लेकिन राजनिष्ठा आड़े आ जाती है। शाही पलंग राजनिष्ठ है। अब यह कवि की कलाकारी होती है जो उस पलंग से सब उगलवा लेती

है। इसी तरह 'घाट की देह के भीतर' एक छोटी लेकिन सघन कविता है। यहाँ स्थिर घाट और प्रवाहित नदी के अंतर्सम्बन्धों को रेखांकित किया गया है जिन्हें संवेदनों के जरिये ही पहचाना जा सकता है। यहाँ घाट का ठहराव, उस पर होने वाले क्रिया-कलाप और उसके बरक्स बहते रहने की अनवरतता का आंतरिक आख्यान है–

नदी बहती है
समुंदर की गहराई में
आहिस्ता आहिस्ता, शांत-गंभीर
मृदु स्वभाव रख
चिरकाल तक ठहरती है
समुंदर के ख़ारे मन में

एक दूसरी कविता 'नदी' में इसी भाव को विस्तार देते हुए वे दर्शन का अक्स भी दे देती हैं–तृप्त सी पहुँचती है गम्य तक फिर भी रह जाती है शेष मेरे लिए। अपनी यादों की कसक को नेहल संजोती है–'मेरे बचपन का शहर' कविता में। नॉस्टेल्ज़िया के अधीन इस कविता में शहर में हो रहे बदलाव की पीड़ा है। यह पीड़ा उन अभ्यस्त संवेदनों की वजह से है जो अतीत को अपने मूल स्वरूप में पाना चाहते हैं। प्रगति और विकास अवश्य ही समय की माँग होती है लेकिन यदि वह किसी संरचना की मूल आत्मा के विरूद्ध हो तो फिर वेदना में तब्दील हो जाती है। कोई भी कवि-मन अट्टालिकाओं और फ्लाईओवर्स से पटे शहर के भीतर आत्मीयता से पगी नम भूमि की खोज में ही रहता है। कवि के लिए यह एक चमकदार लेकिन मुस्कान रहित चेहरा है–

नहीं दिखते ट्यूशन के बहाने से
मिलते हुए कच्चे प्रेमी

अलका टॉकीज की सिंगल स्क्रीन को
नेटफ्लिक्स का बुख़ार
धीरे-धीरे कमज़ोर कर रहा है।

हम सभी ने कुत्तों का रोना देखा-सुना है। वे क्यों और किसके दुःख में रोते हैं, इसका मार्मिक आख्यान है कविता–'कुत्ते'। कथित रूप से अपशगुन मान लिए जाने वाले रूदन के पीछे विरह, अत्याचार और अमानवीयता से उपजा दुःख है। कविता की अंतिम पंक्तियाँ दहला देती हैं–

वे रात भर रोते रहे
सभी के लिए
सुबह होने को थी,
कुत्ते रो रो के थक चुके थे
वे अब और रो नहीं सकते थे।

युवा कवि नेहल शाह चिकित्सा व्यवसाय से जुड़ी हैं। उनकी कई कविताओं में अस्पताल, मरीज़, दर्द, रोग इत्यादि आते हैं। एक संवेदनशील चिकित्सक केवल मरीज़ के रोग से ही नहीं उसके रोगी मन से भी वाबस्ता होता है। 'देह केन्द्रित दुनिया' कविता का अंश है–

इस देह केन्द्रित दुनिया से पृथक
कोई और दुनिया नहीं अब उसके लिए
यहाँ समुद्र की तरह विस्तृत हो चुकी है–दर्द की देह
और आत्मा मचलती दिख रही
कसैले समुद्र में आ फँसी
मीठें जल की मछली-सी

यह कविता यूँ तो दर्द के बारे में है लेकिन इस दर्द का संसार देह के बाहर भी है। दर्द के प्रकार, उसके संस्तर, उससे उपजी पीड़ा व्यक्ति के

लिए एक अलग ही दुःख-दृश्य रचती है। फिर से कहूँगा कि यह किसी कवि के लिए ही संभव है कि वह दर्द की कराह को पीड़ा का गीत बना दे। 'हमीदा बी', 'ब्रेस्ट कैंसर', 'टूटी हुई रीढ़ का मरीज़' और 'अस्पताल' इसी भाव-भूमि की कविताएँ हैं जिन्हें पढ़ते हुए हम कवि की संवेदन प्रणाली से परिचित होते हैं। युवा कवयित्री नेहल शाह की कविताओं का संसार नवाचार की आकांक्षा के साथ ही विद्रोह के ताप से भरा हुआ है। इसी विद्रोह के कारण कवि यहाँ तक कहती है कि 'किसी ईश्वर की रचना नहीं मैं'। उन्हें ईश्वर के बही-खातों से अधिक स्वाभिमान, संवेदना और मनुष्य पर भरोसा है। किसी से मिलना और मिलने पर भी अधूरापन रह जाना कवि-दृष्टि से छूटता नहीं। जाहिर है, कवि की कोशिश भी इसी ख़ला को भरने की है।

डॉ. निरंजन श्रोत्रिय

'विन्यास',
कैन्ट रोड, गुना-473 001

कविता-क्रम

तुम मुझे यूँ मिले

तुम मुझे यूँ मिले
मिल जाती है जैसे कोई चीज़
किसी और चीज़ को ढूँढ़ते हुए
अनजान पुराने किसी संदूक में
रखकर जिसे भूल गया हो कोई
हमेशा-हमेशा के लिए

जैसे जीवाश्म एक पत्ती का
जो गिर गई हो सदियों पहले किसी पेड़ से
जब दूर हो रहे हों दो प्रेमी एक-दूसरे से

जैसे पुरानी अधूरी कोई पेंटिंग
जिसके चेहरे पर बस एक परत लगाकर
कोई चित्रकार रूठ गया हो अपनी प्रेयसी से

जैसे उस मूर्ति का गिरा हुआ शीर्ष
जो अलग हो गया हो अपने ही धड़ से
किसी क्रूर राजा के युद्ध में

जब यूँ मिल रहे थे हम
बन रही थी मेरी दृष्टि
मेरी दुनिया के रंग
मेरे विरक्त हृदय की रिक्तता
और तुम्हारा-मेरा संग।

रंग अपनी पसंद के

मैं सोचती रही
आज़ादी है चुनने की मुझे
रंग अपनी पसंद के
लेकिन यह संभव न हुआ कभी

मैं एक रंग थी
मगर साफ़ नहीं बहुत
दुनिया के लिए

मुझे मनाही थी
उन सपनों को देखने की
जिनका रंग हरा था

लाल मुझे उनके ज्योतिषी ने
पहनने से मना किया था
क्योंकि मेरा मंगल भारी था

पीला उन्हें मुझ पर जँचता न था
काला अशुभ था
नीला केवल वे पहन सकते थे

सफ़ेद पहनने से
दाग़ लगने का डर था उन्हें
मेरी अस्मत पर
और उन्होंने भी सफ़ेदी
का जामा पहन रक्खा था
भला मैं बराबरी कैसे करती...

वे कहते
गुलाबी बहुत नाज़ुक है मेरे लिए
और उसे पहनने की मेरी
उम्र जा चुकी है

कत्थई रंग की
कहानियाँ थीं
उनके और मेरे बीच
और एक दर्द जैसा जम गया था
कत्थई रंग का मेरी आँखों में

नारंगी प्रचलित था
मुझे भी पसंद था
किन्तु, पसंद नहीं थे वे
सो मैं पहन नहीं पाती

मैं बदरंग-सी लेटी रहती
शाम के किसी छोर से
अपने बालों को गूँथ कर
एक बेरंग, फीका-सा रिबन लगाकर
पड़ी रहती मैं
बैगनी रंग की बेला में
(जहाँ मुझे परहेज़ था
दिन और रात के मिलने से)
स्याह रात का नकाब ओढ़
अपने बिस्तर के कोने पर
किसी पलट कर रखी हुई
अधपढ़ी खुली किताब की तरह

वे मेरा नाम पुकारते
मैं सुनकर कोई प्रतिक्रिया न देती
क्योंकि मैं छोड़ चुकी थी उनका
हरेक रंग।

‘म’ से मटका

अक्षर ज्ञान ने मुझे
‘म’ से ‘मटका’ सिखाया
प्राचीन काल से मटके को
हमारी उर्वर सभ्यता का प्रतीक बताया
बनते देखा मैंने इसे
कुम्हार के घर चाक पर

गोल-मटोल दिखता मटका
मेरी तरह
बना हो जैसे मेरी मिट्टी का
कहती थी माँ कि
गर्भ में आने पर मेरे
मटके-सा हो गया था उसका पेट
और यह कि मेरा जन्म
मटके के टुकड़े में हुआ

दादी की रसोई में रखा मटका
हर वक़्त मेरी प्यास बुझाता
मटके के प्रेम में पड़ी मैं
दिन में कई बार
अपना गाल मटके से लगाती
भीषण गर्मी के दिनों में ठंडे मटके को
बाँहों में भर रोमांच से भर जाती

ज्यों-ज्यों बड़ी हो रही थी मैं
मेरी बचपन की कविताओं का
मुसीबत से पार लगाने वाला
'टम्मक-टू' चलता मटका
बदल रहा था मेरे लिए

छू नहीं सकती थी मैं इसे
माहवारी के दिनों में
उस तरह से
जिस तरह वे लोग भी नहीं छू पाते
जो धर्मग्रंथों के अनुसार
नीची जाति में आते
उनके लिए अलग था एक मटका
बाहर अहाते में रखा

अहाते में रखा मटका भी दिखता
घर के और मटकों की ही तरह
गहरा, गोल, वाद्ययंत्र जैसा

भरता ठंडक पानी में अधिक
भीतर रखे मटकों से
बुझाता अधिक गहरी प्यास
करता आकर्षित अधिक अपनी ओर
अलग-सा, रखा अहाते में।

कथा में निषेध

कथा पढ़ते हुए
एक बार फिर
कथ्य में
गहरी उतर गई मैं

एक नितान्त रूपवती अप्सरा के
नृत्य और यौवन पर मोहित हो रहे
कुछ देवता
तपस्यारत ऋषि के
तप-भंग की गुहार कर रहे थे

कथा में एक जगह
खिड़कीनुमा
खुलती थी
अप्सरा के कक्ष पर

अपनी चोंच में
कथ्य-कल्पना का बीज लिए
मैं पहुँच गई
कथा के भीतर
पंछी बनकर

कुछ देर में देवता
जाते दिखे
कक्ष से बाहर
मैं जा कर बैठ गई
अप्सरा के सुडौल कंधे पर

मुझे देखकर दुलराकर
पढ़ने लगी वह कथा का आदि-अंत
मेरी चोंच से बीज निकाल कर

आगे कथा में
ऋषि की
वासना भरी थी
और अंत तक पहुँचते
अनगिनत कहानियाँ
उस बीज से निकल रही थीं

पनप रही थीं कहानियाँ तेज़ी से
जैसे कोई ज्ञात छल

जो अवरुद्ध आज इन सबके निमित्त
एक स्त्री का 'न' सुनकर

यह देख
क्रुद्ध अप्सरा मसल देती है
कथा-कल्पना-बीज
अपनी मुट्ठी में...

सामान के मानिंद

मैं और तुम
सहयात्री बन
निकले थे सफ़र पर
पहुँचने कहीं

तुम करते रहे यात्रा
अपने लिए
भूल कर मुझे
सीट के नीचे बाँध कर रखे गए
सामान के मानिंद

ताकते रहे तुम
अनचाही वस्तुएँ
झाँकते रहे
खिड़की से बाहर

रात पड़ते ही
सो गए हम मुँह फेर कर
जैसे अपनी-अपनी सीट पर
सो जाते हैं अजनबी

सपने रहे हमारी दुनिया में
अपडाउनर्स की तरह
जिनसे रोज़ मिलने पर भी
मैं उनकी मंजिल पर
न ठहर सकी

तुम्हारे साथ रहकर
जाना मैंने
रहना सफ़र में
जहाँ प्रेम ठहरता नहीं

दिखता है केवल
आगे बढ़ना
मार कर ठोकरें
जैसे दौड़ती है
पटरी पर तेज़ रफ़्तार रेल कोई...

हमीदा बी

वो साँस की मरीज़ थी
भोपाल गैस त्रासदी से
उम्र-आज़ादी की
आख़िरी लड़ाई से पुरानी

चेहरे पर मृत देह-सा सुकून लिए
पहुँचाई गयी
गहन चिकित्सा इकाई
जहाँ होश में आते ही
वो बोली–
'उन्होंने मेरे हाथ बाँध दिए'
(मरीज़ कोई नली न खींच ले
नींद या बेहोशी में
इसलिए करना पड़ता है ऐसे)

'सच! कोई गुनाह नहीं किया मैंने
फिर भी मेरे हाथ बाँध दिए!'

वो दोहराती और
दिन में कई बार
उठाकर अपने दोनों हाथ
माँगती माफ़ी
अल्लाह से!
उन गुनाहों की
जो उसने कभी किये ही नहीं

जैसे एक बड़ी त्रासदी थी!
उसकी नज़रों में
हाथों का बंध जाना
साँस न ले पाने से भी अधिक

साँस लेने का सलीका
ऑक्सीजन सपोर्ट पर
सीखते हुए
वो 'बिस्मिल्लाह' करती
साँस लेती
और मुस्कराती

नाम पूछने पर बोली–हमीदा बी
पता पूछने पर–
'मैं उस मोहल्ले में रहती थी जहाँ गैस रिसी थी

फिर दंगे हुए
मेरा घर बिक गया।'
परिवार पूछने पर–
झुँझला कर अपने शौहर पर, बोली–
'वे इतने पहले अल्लाह को प्यारे हो गए
कि अब हमें बिनका चेहरा तक याद नहीं
एक बेटी का इंतक़ाल हो गया
एक बेटा लापता है बानवे के फ़साद से,
उसी फ़साद में बहू का हाथ कट गया'
बगल में खड़ी बहू कटा हाथ दिखा देती है झट से

देखकर जिसे मेरी साँसें कुछ थम सी गईं
मैं कोशिश करती रही उस तरह साँस लेने की
जिस तरह से सिखा रही थी उन्हें...

तिलचट्टे होती स्त्रियाँ

यह तक़रीबन आधी रात की बात है
लिखती हूँ कविताएँ
उस वक़्त मैं
नींद में जागकर

मैंने देखा!
घर के छोटे-छोटे छेदों से
निकल रहीं हैं अंतहीन स्त्रियाँ
तिलचट्टा बन कर

लोग भाग रहे हैं उनके पीछे
ज़बरदस्ती पकड़ने उन्हें
कोई सुंघा रहा है कुछ
कोई मार रहा है चप्पल से
तो कोई पीठ के बल लिटा रहा है उन्हें

यह जानते हुए कि
एक बार इस तरह चित्त हो जाने पर
पलट नहीं पाएँगी वे
सबके अपने उपाय हैं यहाँ
अपने घर के तिलचट्टों को
ठिकाने लगाने के

मैंने देखा था कभी
तिलचट्टों को कुछ दूर तक उड़ते हुए
किन्तु स्त्री के रूप में
वे अपना यह गुण भी खो चुके थे

सुबह होने को थी
तिलचट्टे पुनः तब्दील होने लगे स्त्रियों में
यह सब होता देख
हड़बड़ाकर नींद से जाग गई मैं

उठकर देखा स्वयं को शीशे में
तो पाये सिर पर दो एंटीने
और पीठ पर दो बेजान पंख।

कर्ज़ गेहूँ और शव

उसके शव के साथ
गेहूँ के कुछ दाने भी थे
उसकी जेब में

उन्नीस साल का वह लड़का
रेलवे ट्रेक पर पाया गया
तीन टुकडों में
जो कहने को एक शाम पहले ही
रूठ कर भागा था अपने घर से

उसकी शिनाख़्त पर मिली
जेब में एक चिट्ठी
मृत्यु की ज़िम्मेदारी लिए
एक फ़ोन–आपत्तिजनक प्रेम संबंध लिए

जब तक जीवित था वह
अक्सर रहा देह से बीमार
जूझता रहा कर्ज़ के जंजाल से

कर्ज़
जो बढ़कर हो जाता है अथाह
महासागर में बढ़ते पानी की तरह
और इसकी कुलाचें भरती लहरें
एक दिन कर देती हैं चढ़ाई
जीवन पर

उसके लिए भी
रहा होगा भय कर्ज़ का बड़ा
मृत्यु के भय से
और छुट्टी पा ली उसने
वसीयत में मिले अपने हिस्से के कर्ज़ से

कच्ची उम्र का असफल प्रेम
भूखा पेट
सिर पर कर्ज़
तकलीफ़ें कई थीं
तो मरना भी ऐसा चुना
कि हर तकलीफ़ के लिए
अलग-अलग मर सके

रात भर निकलती रहीं रेलगाड़ियाँ
पहले उसकी देह
फिर उसके शव के ऊपर से

उसके शव के साथ
गेहूँ के कुछ दाने मिले
उसकी जेब में

वह शायद उन्हें चबा कर
मिटाता होगा अहसास अपनी भूख का
और लोग कहते रहे कि गेहूँ के दानों से
कोई टोटका कर दिया उसकी प्रेमिका ने

इस तरह
रेलवे ट्रेक पर पाया गया वह
तीन टुकड़ों में

बिलकिस बानो

कोई फूल तोड़ रहा था बगीचे से
और तड़प उठी वह
किसी ने गली के आवारा कुत्ते को मारा पत्थर
चोट दिखी उसके माथे पर
एक दिन घोंसले से चिड़िया का अंडा गिर कर फूटा
उसका गर्भपात हो गया
किसी ने अपने घर के चूहों को मारने के लिए रखी दवा
और मूर्छित हो गई वह
रसोई में जब भी गिरता है
कोई बर्तन ग़लती से
सिहर उठती है वह
किसी के आपसी झगड़े की आवाज़ पर
सूख जाता है उसका गला
हर वक़्त ओढ़े रहती है वह दुप्पटा
पर ढाँक नहीं पाती अपनी निजता

क्योंकि उसे नहीं भूलते वे हाथ जो उस रोज़
एक साथ उठे और आर-पार हो गए उसकी देह से

वे हथियारबंद हाथ
सब छू कर निकल गए
उसके घर का बंद दरवाज़ा
अधखुली खिड़की
टेबल, कुर्सी, अलमारी
घर की रसोई
इकलौता दर्पण
आले में रखा धर्मग्रंथ
लड़के जवान, बच्चे छोटे
घर की बूढ़ी औरतें
उसका पर्दा, तन के कपड़े
चेहरा, बाल, होंठ
स्तन, योनि, टाँगे
पाँच महीने के गर्भ से भरा
बेहद अज़ीज़ उसका गर्भाशय
वे बारी-बारी सब छूते रहे
और ध्वस्त करते रहे

उस वक़्त से घिरी रहती है
वह हाथ के अंधेरों में
जो कभी उठते हैं बेतरतीब सवालों में
शर्म से छुप जाते हैं जवाबों में
ज़रूरत पड़ने पर बंध जाते हैं आपस में

धरे रहते हैं एक के ऊपर एक मुसीबत में
दिखते हैं कभी-कभी
न्याय का तराज़ू लिए

फिर देखती है वह
बेपरवाह खुले घूम रहे हैं वे हथियारबंद हाथ
जो उस रोज़ एक साथ उठे
और आर-पार हो गए उसकी देह से
अब वह चौंकने लगी है
दुआ में उठे अपने ही हाथों से।

जिज्ञासा में संरचना

मनुष्य ने अपनी संरचना में
बनाकर रखा है स्त्री-देह को
अब तक
जिज्ञासा का प्रश्न

अप्रत्याशित वैज्ञानिक प्रगति में
अस्वीकृत ही रही
स्त्री-संरचना
और अनुत्तरित रहा उसकी निजता का प्रश्न
निरावरण?

स्मरण है भरी सभा
द्युत क्रीड़ा, परास्त पांडव
चीरहरण
लज्जित पांचाली

पुकार रही कृष्ण! कृष्ण!
माधव आए-बढ़ा दिया चीर
तो क्या रुक सका था
मूक दर्शक सभा में
एक स्त्री का चीर-हरण?
याद आने पर यह प्रसंग
नहीं हो जाती वह अनावृत
किसी प्रेक्षागृह की मानिंद
अब तक अनुत्तरित उसके प्रश्न!

और जो समय पर न पहुँचते कृष्ण
तो क्या देख लेते वे लोग एक स्त्री संरचना के अतिरिक्त?

जैसे चाँद का मन

जब जा रहे थे तुम
छोड़ कर घाव
मेरे मन पर
पानी की निथरी सतह-सा
स्वच्छ, शीतल, शांत, मेरा मन
हिल गया था

मटमैला, रेतीला हो गया था
तुम्हारा अक्स
जो हृदय के दर्पण पर
कभी साफ़ दिखाई देता था

उस दिन
पहली बार महसूस हुआ मुझे
अपने अंतस की टूटन का दर्द

बह गया था
कुछ तरल-सा, आँखों से

जो समय के साथ
गाढ़ा होता गया
ठसने लगा हृदय में
खून के थक्के की तरह

फिर जम गया
चोट में उगी पपड़ी की तरह
कुरेदो तो नया घाव बना देता

ऐसे ही कई घाव संजोकर
खुरदुरा हुआ है मेरा मन
किसी अनुभवी पेड़ की छाल-सा
जिसे कोई सहलाता नहीं
किन्तु जो होता है अंकित
अब इसकी सतह पर
दीर्घकाल अवस्थित
सच कहूँ तो
ऐसा ही होना था मेरा मन
खुरदुरा
ऊबड़-खाबड़ सा
होता है जैसे चाँद का मन।

क्या प्रेम करने की सज़ा है कोई?

पिछली कई रातों से
न सोने का तुम्हारे
अनुताप है मुझे

जानती हूँ मैं
चैन की नींद
दिमाग़ का सुकून
नींद का आख़िरी
उपाय कर लेने पर भी
न आए नींद

मैंने जाना कि
तुम चाहती हो
उस धुन को सुनना
जो पहुँच सके

तुम्हारे मस्तिष्क की गहराई तक
जहाँ सहलाने से
आती है नींद
संभव है
समर्पित कर सको तुम स्वयं को
अपने मौन के साथ
उस धुन के प्रति

लेकिन मूर्छित पड़ा है
तुम्हारे भीतर का मौन
और कानों में
कस के चीख़ रहीं हैं
एक के बाद एक बनते
तुम्हारे विचारों की ध्वनि

ये चीख़ें मिलतीं हैं
तुम्हारी उस चीख़ से
जो निकली थी पहली बार
जन्म के समय
बनकर तुम्हारी साँस
और तब से अब तक
अवसाद बन
तुम्हारे भीतर जीवित रहीं

पलती रहीं तुम
हर पल
अपने अवसाद की ही छाँव में

रंगती रहीं स्वयं को
गहरी नैतिकता से
जिसका रंग गाढ़ा था
इतना गाढ़ा कि अब
छूटता ही नहीं
और छूटे तो हृदय का एक
टुकड़ा ले ले
या ले-ले आधी आँत
या रेंत दे गला
हाय! ये अपराध बोध
टूटता ही नहीं

और तुम पूछती रहीं
इससे
उससे
सबसे
क्या प्रेम करने की भी सज़ा है कोई?

लिबास

तुम नहीं चाहते
वह देखे स्वयं को
उजाले में

तुमने ढँक दिया उसे
सिर से लेकर पैर तक
लिबास में
कभी काले- कभी बदरंग- कभी सफ़ेद
और न जाने कितने रंग के

अभी-अभी उन्होंने
की दफ़न
किसी की मृत देह
क़ब्र में
मिट्टी की इतनी तहें

कि हवा को भी अनुमति नहीं
अंदर जाने की

सोचा है कभी
इतनी तहों के भीतर
कैसे जीती होगी वह?

सुनो न! कमल के इन
असंख्य पत्तों के नीचे छिपी
पानी की ध्वनि
कितनी तरल, सरल, सौम्य है

वे नसीहतें दे रहे हैं उसे
सिखा रहे हैं सलीक़ा
दुनिया में रहने का

वह चिड़िया
उस पुराने पेड़ की खोह में
भटक कर
छटपटा रही है
बाहर आने को

अरे यह अंधकार!
कहाँ गया उसका लिबास?
किसने छीन लिया?
क्या यही है वह अंधकार
जो ढाँप देता है मनुष्य के मन की नग्नता?

कितने थेगड़े लगे उसके लिबास पर
सभी सुराख़ सी दिए गए
बड़ी सफ़ाई से

तुम डरे
कि उसके लिबास के सुराख़ भी न देख लें कोई रोशनी
किसी हवा में वह चैन की साँस न ले-ले कहीं

कभी देखी है ऐसी कोई गुफ़ा
जिसके झरोख़े से
सूरज झाँकता है
मानो रात वहीं आराम करता रहा हो

तुम्हारे लिए वह
अंधकार से बुनी हुई लिबास है
जो ढँकती है दरअसल नग्नता तुम्हारी।

आम्रपाली

तुम्हें पता है?
बाहर की दुनिया का
आकर्षण
पानी पर तैरते पत्ते की तरह है
तुम उसे तैरते देख तो सकते हो
किन्तु उस पर बैठ कर
पार नहीं हो सकते
सुना मैंने
तुम्हें
आकर्षण है, मेरे प्रति
बाहर की दुनिया का सा?

मैंने जाना कि तुम मुझ पर
अलग नज़र रखते हो
है न हर्षदेव?

मुझे देखने, छूने की कोशिशें करते हो
तो जान लो...

मुझे देखना
आधी रात में
गंडक के वक्ष पर
पूरे चाँद को तैरते देखना है
हर लहर पर डोलता हुआ चाँद
अपने अनेक वृत्तों के साथ
देखा है कभी, आधी रात को
इठलाती नदी में तैरता
पूरा चाँद?

अच्छा बताओ!
तुमने मिट्टी को छुआ है कभी?
गीली मिट्टी जिससे कोई आकृति बन सके
मुझे छूना मिट्टी को छूने जैसा है
तुम मुझे छूना चाहते हो
तो जाते हुए कुम्हार के
घर की मिट्टी टटोल लेना

मुझसे मिलना
पानी में नीले रंग का मिल जाना है
वही नीला, जो पानी को
गहराई में देखने पर मिलता है
दरअसल, नीला अलग होता है

पानी अलग
पर दोनों कैसे एक दिखते हैं...
अब मिलना हो मुझसे
तो गहरे पानी की पोखर से मिल लेना

मुझे सुनना हो
तो दूर नदी के किनारे बैठ
किसी मंदिर की
संध्या आरती सुन लेना
मैं बोलते हुए
उतनी ही पवित्र दिखती हूँ
क्या सुनी है तुमने कभी वह मधुर ध्वनि?

मुझे जानना हो
तो ऋषि के मुख से निकली ऋचाओं को
दोहराना
उनकी पवित्रता में जितना गहरा उतरोगे
उतना ख़ुद से मिल जाओगे
जानना चाहोगे न मुझे तुम अब भी?

ये क्या तुम्हें मुझे बंद कमरों में
पाने की इच्छा है
वहाँ मूर्छित देह के सिवा कुछ भी नहीं!
मेरा मन तो चिड़ियों का साथी है
रहता है किसी महान वट वृक्ष की छाँव में
मेरे जन्म से ही
मेरी आत्मा बहुत निजी है

सुन रहे हो तुम
बाहर से आती हुई वे आहटें?
क्या तुम नहीं जानते?
वहाँ अंधकार के सिवा कुछ भी नहीं
घुप्प!
मेरे हृदय की तरह
काला गहरा घुप्प!
अंधकार की ओर से
झाँकता हुआ अंधकार...

क्या कहा?
तुम्हें अंधकार नहीं पसंद
और
तुम्हें पसंद हूँ मैं...

क्या तुम्हें अनुभव है?
युद्ध के बाद की ख़ामोशी का
देख रहे हो क्या तुम वह मार्ग?
वहाँ दूर-दूर तक कोई नहीं
बस ख़ामोशी है
दर्द से भरी
मेरी आँखों की तरह
सब समाप्त कर देती है जो
चाहे अजातशत्रु हो
या कोई और

और तुम गुम हो जाना चाहते हो
मेरी आँखों में

लौट जाओ!
लौट जाओ!
कि आम्रपाली
अब यहाँ नहीं रहती
वह अब कहीं नहीं रहती...

कर्ण, मुझे सहानुभूति है तुमसे

कर्ण!
जानती हूँ मैं
कि गुरेज़ है तुम्हें
स्त्री-सहानुभूति से
तथापि
तुम्हारे प्रति
मेरी यह भावना
अकारण नहीं

आभास है मुझे इस बात का
कि तुम्हारी लौह काया में
बसे हृदय में
सदैव वास किया स्त्री ने

विचित्र है सूर्य पुत्र के हृदय में
रात्रि का वास

बादलों का वास
खुले काले लंबे घने केशों का वास
मोह का वास
माया का वास
अधूरी ममता का वास

सच! मुझे सहानुभूति है तुमसे
क्योंकि तुम चाहते थे प्रेम
एक स्त्री से
पर माँग न सके
तुम्हारा दानवीर होना आड़े आया

समझ न सके तुम
स्त्री को प्रेम देना ही प्रेम पाना है
और एक क्षत्रिय काया में
क्षुब्ध मन स्थापित किए
यह भूल गए
कि आत्मा इस विभाजन से परे है

कर्ण!
मुझे सहानुभूति है तुमसे
इसलिए
कि तुम मित्र तो बने
लेकिन मित्रता चुकाते रहे
अपने लहू की हर बूँद से
और हस्तिनापुर के एक मात्र

योग्य उत्तराधिकारी की संभावनाएँ भी
अपने साथ ले गए कुरुक्षेत्र से
जिस क्रूरता से ले जाता है झंझावात
उड़ाकर दीपक की लौ
एक ही झटके में

और मैं देखती रही तुम्हें दूर से
कभी राधा
कभी कुंती
कभी द्रौपदी
कभी तुम्हारे हृदय में छुपी स्त्री बन कर
देती रही सहानुभूति सदैव
यह जानते हुए
कि गुरेज़ है तुम्हें
एक स्त्री की सहानुभूति से।

किसी ईश्वर की रचना नहीं मैं

किसी ईश्वर की रचना नहीं मैं
ईश्वर महान होते हैं
निष्कलंक रचते हैं
यकीन है मुझे
मैं निष्कलंक नहीं

मुझ पर किसी ईश्वर का उपकार नहीं
ईश्वर अद्भुत होते हैं
चमत्कार करते हैं
यकीन है मुझे
मैं चमत्कार नहीं

मैं हूँ एक
कमतर मनुष्य
जिसका जन्म हुआ

दो मनुष्यों के औसत प्रेम से
इसलिए भी मैं असाधारण नहीं

मुझ में
ऐसा कुछ भी नहीं
जिस पर कर सकें वे नाज़
या उनका ईश्वर भी

अतः मैं
घोषित करती हूँ
स्वयं को मुक्त
ईश्वर की बनाई सत्ता से

यहाँ
ईश्वर के
बही खाते में
मेरा कोई हिसाब नहीं।

मेरी परिभाषा

मैं
अब नहीं होना चाहती
संज्ञा, सर्वनाम, विशेषण
न चाहती हूँ होना
छंद में डूबा
अलंकार कोई

किसी प्रतीक से
नहीं चिन्हित करना चाहती
मैं अपना अस्तित्व
न रूपकों में
चाहती हूँ उपमा कोई

मैं सभी रसों को एक कर
विश्व-व्याकरण से बाहर आ

एक रिक्त स्थायी भाव
बन जाना चाहती हूँ
जिसे शून्य में मौन-लिपि से
लिखा जा सके
पढ़ा जा सके।

मेरे शहर का बचपन

यादुराव द्वारा स्थापित
बावन गढ़ों में
चौगान के किले का इतिहास लिए
मेरे बचपन का शहर
बेघर बुज़ुर्ग की तरह
सिकुड़ रहा है

वीरांगना दुर्गावती का प्रताप
खंडहर कर यह शहर
शक्कर नदी की धार-सा
टूट रहा है

आम, नीम, वट, करंज के वर्चस्व का
स्टेशन का लंबा सुनसान रास्ता
बेतरतीब मकानों, दुकानों से
रुँध रहा है

पिता के सरकारी दफ़्तर के बाहर
का बड़ा पीपल
चुड़ैलों के ठिकाने से
नशेड़ियों का नया मुकाम हो चला है

चुक गए हैं आचार्य रजनीश
पाखंड की नई राह में
इंद्र बहादुर खरे के 'भोर के गीत' खोकर
गाडरवारा को महेश वर्मा से बने महर्षि योगी से
कहाँ कुछ लेना देना है

बढ़ने लगी है उमर आशुतोष राणा के यारों की
गलबाहें डाल सड़कों पर घूमता मित्र मंडल
मोबाईल एक्सबॉक्स गेम्स की ख़ुमारी में
दिख रहा है

पलोटन गंज नहीं रहा रौबदार
बीटीआई का मैदान छोटा
डिग्री कॉलेज का ग्राउंड
तंग हो चला है

गायब है चावड़ी स्थित
डॉ. भास्कर का दवाख़ाना
नद्दी मोहल्ला, झंडाचौक, गंज के बीच चीन्हे चेहरों का मिलना
दूभर हो गया है

नहीं सुनाई देती
सड़कों पर तांगों की टापें
मंदिर में भक्तें
ब्याह-बारात में राई-बधाई
नागपंचमी, भुँजरिया
अक्ती का त्यौहार
कैलेंडर की तिथि बन गया है

देखरेख की आस में
जर्जर पुस्तकालय की बूढ़ी किताबें
काबरा उद्यान
अपनी खुशहाली के
बीते दिन याद कर हताश बैठा है

घिस गयी हैं गलियाँ
तंबाकू घिसते हाथों की लकीरों जैसी
कहने को शहर
स्वच्छता की दौड़ दौड़ रहा है

नहीं दिखते
ट्यूशन के बहाने से मिलते
कच्चे प्रेमी
अलका टॉकीज़, श्याम टाकीज़
की सिंगल स्क्रीन को
नेटफ्लिक्स का बुख़ार
कमज़ोर कर गया है

कूच कर गए हैं
बड़े शहरों में
सेवानिवृत्त दिखते इस शहर के
युवा और बच्चे
झब्बर की चाट के ठेले से
झब्बर लापता है
नहीं दिखती अब कहीं
फुटाने और लब्दो बेचती अम्मा
राम मंदिर की 'मंगो' के सिर पर
यमदूत खड़ा है

जोहार! जय राम जी की!
खो गई है मुस्कान
मेरे बचपन के शहर की...

मेरा स्केच

बचपन में कभी
गर्मी की छुट्टियों में
किसी ख़ाली छूटी कॉपी के
पिछले पन्ने पर
अपनी बची हुई पेंसिल के टुकड़े से
अपने चेहरे का स्केच बनाया था
रखा था जतन से
आज मिल गया

गोल चेहरा
आँखें, नाक, कान
माथे के ऊपर भवें
और मुस्कराते होंठ
जिससे दाँत झाँक रहे

आज देखा ख़ुद को मिलाकर उससे
तो पाया कि कुछ मिलता नहीं
न चेहरा
न मुस्कराहट
न कुछ और
न ही बन पाता है मुझसे अब
मुस्कराता हुआ मेरा स्केच।

तुम कैसे हो?

और कहो
तुम कैसे हो?

अच्छा बताओ
क्या तुम्हारा हरा रंग भी
मेरे हरे रंग जैसा ही है?

ये लाल, पीला, सफ़ेद
तुम महसूस करते हो
मुझ-सा ही?

अच्छा यह सब छोड़ो
यह कहो कि–
बारिश की बूँदें
जब तुम्हारे तन पर गिरती हैं
तो तुम्हारा मन भी भीगता है मेरी तरह?

चलो जाने दो–
तुम बस इतना कह दो
कि जब तुम मेरे पास होते हो
तब नहीं होते और कहीं भी?

अच्छा! मत कहो कुछ
बस यूँ ही बैठे रहो
तुम और मैं
इस खिड़की से
बाहर झाँक कर
उस पेड़ को देखते हैं

वह पेड़ हमें
एक देख लेगा
एक साथ देख लेगा।

तुम मेरे लिए ही आते हो

मुझे पता है
तुम मेरे लिए ही आते हो
बरसाते हो प्रेम
क्योंकि तुम जानते हो
मुझे पसंद है रंग हरा

तुम रंगते हो
आकाश सिंदूरी
कि उसे देख मैं
बस सोचूँ तुम को ही

तुम धूप सुनहरी करते हो
देखना चाहते हो
उसके रंग में
रंग मेरा

पर मैं जता दूँ तुम्हें
कि ये रंग
भर लिए मैंने
मन में कहीं
रोप दी है फसल तुम्हारे प्रेम की
जिससे फूट रही हैं कोपलें कई

और अब तुम्हें मुझे यूँ
हर वक़्त रिझाने की ज़रूरत नहीं।

भूल जाने की है ये शाम

तुम और मैं
बंधे हुए हैं
समय की उन सुइयों से
जिनका इशारा है
शाम की ओर

ये शाम केवल आज की नहीं
ये शाम है
हर उस दिन की
जिसे तुमने और मैंने
जिया पूरी शिद्दत से
तमाम ज़िम्मेदारियों
व्यस्तताओं के बीच

ये शाम है उस उम्र की
जिसने कभी
प्रेम और सुकून की जवानी नहीं देखी
उन बेमानी रिश्तों की
जो क़तरा-क़तरा समाप्त करते रहे
हमारे प्रेम की अभिव्यक्ति

है ये शाम भूल जाने की
कुछ देर को
बीते हुए बे-मुरव्वत दिन
बेज़ार रिश्ते, बे-रुख़ ज़िंदगी

ये तपते सूरज के
गहरी झील में डूब जाने की शाम है
इस सुनहरी झील की लहरों पर
मेरे तुम्हारे अक्स के टकराने की शाम है

आज ढ़लती इस शाम में
झील किनारे बैठ
लहरों पर
लिख रही हूँ मैं कविता
पढ़कर जिसे मुस्करा रहे हो तुम।

यहाँ ख़ूबसूरत दिखती है झील

बहुत ख़ूबसूरत है
ये शहर
लेकिन यहाँ
कोई स्थान नहीं है प्रेम के लिए

कोई जगह नहीं है
सुकून से
बैठकर बातें करने के लिए

कोई समय नहीं है
तुम से
दो घड़ी चैन से मिलने के लिए

यहाँ ख़ूबसूरत दिखती है झील
और दिखते हैं लोग उसे

अपलक देखते हुए
जैसे देखते हो तुम मुझे

किन्तु
मैं नहीं चाहती
कि जब तुम देख रहे हो मुझे
तो कोई और भी देखे तुम्हें
मुझे देखते हुए

यहाँ
नहीं है वह जगह
जहाँ
केवल मैं देख सकूँ तुम्हें
देखते हुए मुझे।

भ्रम-देह

देखा कई बार
आषाढ़ की उजली धूप को
बारिश के धुँधलके में दम तोड़ते
आँखों की सुख की चमक को
दुःख में आँसू बन कर बहते
प्रगाढ़-प्रेम की तपिश को
समय की बलि चढ़ते हुए

मुझे अच्छी लगती है
तुम्हारे संग
धूप, बारिश के पहले की
चमक, तुम्हारी आँखों की
तपिश, तुम्हारे प्रेम की

और अच्छा लगता है
तुम्हारा हर वह भरम
जिसे तुम सच्चाई से जीते हो

और एक मैं हूँ!
जैसे किसी विद्रोह ने गढ़ा है मुझे
सत्य का आभास होते हुए भी मैं
भ्रम-देह में पूरा जीवन जी रही।

एक आश्वस्त धुन

मैं रहना चाहती हूँ तुम्हारे भीतर
भरपूर
पानी की तरह सहज
बनकर तुम्हारी रगों की तरलता

मैं चाहती हूँ चमकना
तुम्हारी आँखों में
बनकर प्रेम से लबालब तुम्हारा मन
और उस स्नेह दृष्टि से छलक कर कभी
छूकर तुम्हारे होठों के किनारों को
कर देना चाहती हूँ तुम्हें प्रेम से तर

बहते हुए स्पर्श की तरह
मैं छूना चाहती हूँ तुम्हारी स्थिरता
एक-एक अस्थि से गुज़रकर

देखना चाहती हूँ
तुम्हें–बहुत क़रीब से उस समय
जब महसूस कर रहे हो तुम
अपना सबसे अज़ीज़ ग़म
देख रहे हो घायल होते अपनी संवेदना का चरम
चख रहे हो इस बे-स्वाद दुनिया का कोई मर्म
ठीक उस वक़्त सुनी जाना चाहती हूँ मैं
तुम्हारे कानों में
बन कर एक आश्वस्त धुन।

स्पर्श

निर्लिप्तता का
वरदान नहीं मुझे
मुक्त नहीं हो सकती कभी, मैं, तुम्हारे स्पर्श से

तुम ही कहो
कैसे हो सकती है निर्लिप्त
वायु वातावरण के प्रभाव से
सूर्य की किरणें प्रकाश से
पृथ्वी अपने गुरुत्व से
उत्तरी-दक्षिणी ध्रुव चुंबकत्व से

क्या देखी है तुमने बे-ख़बर कभी
कोई रात अपने रहस्य से
नदी अपनी लहर से
स्त्री अपनी यातनाओं के दर्द से
तुम ही कहो कैसे हो जाऊँ निस्पृह, मैं तुम्हारे स्पर्श से

वे जो कहते हैं स्वयं को तटस्थ
वे अधिक फँसे दिखते हैं तटस्थता के भ्रम-राग में
जो कहते हैं कि स्याह है मोह का रंग
तो क्या वे अनुरक्त नहीं हैं निर्मोह की चाह में?

अनासक्त होने को चाहिए
हो जाना आसक्त किसी में भूल कर अपना अस्तित्व।

जो प्रेम में हैं लिप्त, एक मात्र वे ही होते हैं निर्लिप्त
दुनिया के किसी भी प्रभाव से।

चकमक पत्थर

रात
तुम्हें सोचते हुए
सोई थी मैं

और रात भर
निकलती रहीं तितलियाँ
मेरी हर करवट पर

खिलते रहे फूल
मेरी चादर की
हर सिलवट पर

अटके रहे बादल
मेरे बालों के कंगूरों पर

बिछ गए
मुलायम रेशमी सपने
मेरे तकिए के लिहाफ़ पर
और जगमगाते रहे तुम
मेरे सपने में
मेरा चाँद बन कर

टिके हुए मेरी करवट से
तुम सहलाते रहे
मेरी पीठ
और पुकारते रहे
मुझे अपनी रात कह कर

तुम डाल कर बाँहें
मेरी कमर में
कहने लगे
कि मैं और तुम ही थे वे पत्थर
जिनसे मनुष्य को
निकलती दिखी थी आग
पहली बार
हमारे आपस में
प्रेम से टकराने पर।

शाही पलंग

बिस्तर पर
अधजगी
देखती हूँ
शाही पलंग के ऊपर बनी फ्रेम
राजसी कारीगर ने
बनाया जिसे क़रीने से
लगभग सौ साल पहले

पलंग की श्रेष्ठ नक्काशी के साथ
इतिहास हैं अब
राज घराने की नींद, सपने
उनींदी बिखरी रातें
प्रेम-भोग और विरह की यादें
अनगिनत कल्पनाएँ
युद्ध-संधि की योजनाएँ

लेकिन रह गया है बाक़ी एहसास
इसके सिरहाने लगे टेक पर
मख़मली तकिये का
जहाँ पीठ टिकाकर बैठते
महाराज,
पुत्र, रानियाँ
काश ! कि पलंग कह पाता
उनके भेद
उस समय की कुछ कहानियाँ

किन्तु राज-निष्ठ है
कुछ कहता नहीं
न जानता लाभ-हानि यश-अपयश
जीवन-मृत्यु, न्याय-अन्याय की बातें तमाम
जबकि जानता है देना आराम देह को
खड़ा अपने कुशल पैरों पर
इस बात से अनभिज्ञ कि
सबसे ख़ूबसूरत नेमत है नींद

जिसके स्वागत को
सासू बाई ने गाई लोरियाँ
अपने पुत्रों के लिए
इसकी मौन गादी पर बैठ
और अपनाया इस धरोहर को

परम्परागत पुत्रवधुओं ने

अब स्थान है यह मेरे शयन का
इस पर बीती
कई हज़ार रातों की तहों का उपधान रख
मैं असंख्य नींदों के लिहाफ़ ओढ़
चैन से सो रही हूँ।

कुत्ते, अधूरे प्रेम और सपने

रात, कुत्ते रो रहे थे

कुछ घोड़े ठिठके खड़े
थक चुके थे
कुत्ते घोड़ों की थकान महसूस कर रो रहे थे

बिल्लियाँ ग़ुस्से में थीं
कुत्ते बिल्लियों के ग़ुस्से से दुखी होकर रो रहे थे

रात नींद नहीं आ रही थी मुझे
मैं कविता में एक औरत के
अधूरे प्रेम और खोए सपने की बात लिख रही थी
कुत्ते औरत के अधूरे प्रेम और खोए सपने पर रो रहे थे

वे रोकर मेरे पड़ोसी की नींद ख़राब कर रहे थे
पड़ोसी आधी रात में उठकर कुत्तों पर पत्थर बरसाने लगा

वह अपने ऊपर हुए दिनभर के अत्याचार का बदला कुत्तों पर चुकाने लगा
कुत्ते अब पड़ोसी पर हुए अत्याचार पर रो रहे थे

वे रात भर रोते रहे सभी के लिए
सुबह होने को थी
कुत्ते रो-रो कर थक चुके थे
वे अब और रो नहीं सकते थे।

चक्कू

एक दिन शहर में
क़त्लेआम हो गया,
ख़बर फैली
कि चल गए चक्कू
किसी आम बात पर

किसी ने पूछा
किस बात पर चले चक्कू?
कुछ ने किया अफ़सोस!
कहा नहीं चलने थे
कोई देता रहा सफाई–
यहाँ तो चल जाते हैं चक्कू
बात-बात पर

लेकिन किसी ने नहीं किया ग़ौर
कि चक्कू चले कैसे?
किसी को ख़याल तक नहीं आया
कि ख़ुद-ब-ख़ुद नहीं चलते चक्कू

चक्कुओं तक बात पहुँची
तो वे रूठ गए
बैठ गए आपस में ठान कर
नहीं चलेंगे
नहीं मिलेंगे
नहीं दिखेंगे
किसी को कभी
किसी भी कीमत पर

और गायब हो गए वे
निकल कर
रसोई से
ठेलों से
चक्कू की दुकानों से
होटलों से
शल्यग्रहों से
क़साईख़ानों से
रामपुर से
अलीगढ़ से

मुहावरों से
कविताओं से
क़िस्से-कहानियों से
निकल गए बाहर
कभी न लौटने के लिए

तय किया चक्कुओं ने
रखने का मनुष्यों को बाहर
अपनी नई दुनिया से

चक्कुओं की दुनिया से बे-दख़ल मनुष्य
इल्ज़ामों के लिए
अब नया सिर तलाश रहे।

मृत्यु

मैं और तुम चल रहे हैं साथ मेरे जन्म से
रोई थी मैं जब पहली बार देखा तुम्हें
फिर तुम्हें सोच-सोच कर कई दिनों तक रोती रही
जब भी देखा
पाया अपने क़रीब
कभी फीकी नहीं देखी तुम्हारी हँसी

लंबा समय गुज़ारा है मैंने अकेले
पर अकेली नहीं रही मैं
जब कमरा बंद होता चारों ओर से
उसमें कहीं कोई दिखता नहीं
सुन लेती हूँ मैं उस वक़्त भी तुम्हारी हँसी

जब मैं और वो कर रहे होते हैं प्रेम टूट कर
उन आत्मीय लम्हों में भी तुम साथ रहीं

तुम्हारे साथ का एहसास कराता है मुझे
मुरझाता हुआ कोई फूल
या पेड़ से गिराता पत्ता कोई
और उस दिन तुम्हारी गोद में सिर रख कर
कुछ पल को सो गयी थी मैं
जब जा रहा था
मेरी देह से मेरे प्रेम का हिस्सा कोई

तुम्हारी मुस्कराहट पर हुआ था अचरज तब भी
जब जा रहे थे पिता छोड़ कर
पर सोचती हूँ अब
कितने शांत भाव थे जिससे तुम मेरे क़रीब बैठी रहीं
कितनी युवा, सजग
और चैतन्य सी

वे नहीं चाहते तुम्हारा ज़िक्र
देखना, मिलना तुमसे कभी
पर मैं जानती हूँ
कि तुम साथ हो हर क्षण
अपनी मीठी हँसी के साथ
मेरी देह में हर पल युवा होती हुईं।

मेरे पिता

मेरी सहजता में
हमेशा साथ हैं मेरे पिता
क़ाव्य की तरह

सफ़ेद पतलून सफ़ेद कमीज़
जेब में चश्मा, पेन
हाथ में मेटल-बेल्ट की घड़ी
जो कभी उन्होंने दिखावे के लिए नहीं पहनी

अपनी बात के पक्के
समय की कीमत आँकते पिता
'मस्त-मस्त है ज़िंदगी' का नारा लिए
राजदूत पर शान की सवारी करते रहे

पहलवानी और हॉकी का गुर लिए
खाने के शौक़ीन
वे एक बेहतरीन इंसान होने की ज़िम्मेदारियाँ
इस कदर निभाते रहे कि
जब भी किसी सड़क से निकलते
लोग अदब-ओ-तहज़ीब से उन्हें
जय-जोहार, दुआ-सलाम करते

फ़कीर बन जीने का मक़सद लिए
वे सरकारी नौकरी की मामूली तनख़्वाह
दोनों हाथों से लुटाते रहे
पैसे कभी गिनकर न रखे
माँगने पर बटुआ आगे किया
और दिया हुआ पैसा कभी वापस न लेते

मृत्यु का भय पीछे छोड़ चुके पिता
ताउम्र रक्तचाप, मधुमेह
हृदय रोग, किडनी की समस्या के साथ
अन्य कई समस्याओं से घिरे रहे
जिनके लिए वे कई बार ऑपरेट हुए
पर जैसे ही होश में आते
एक हसीन-सा शेर कह जाते

जब तक जीवित रहे
घर में केवल वे बीमार रहे
जैसे किसी डिपॉज़िट की तरह

सबकी बीमारियाँ स्वयं में डालकर
सहेज ली हों उन्होंने

थक गए आप?–पूछने पर
तुमसे ज़्यादा नहीं–वे हर बार कहते
हमारी मर्ज़ी का इलाज कराते पिता
हमें उनके लिए कुछ न कर पाने की
आत्मग्लानि से बचाते रहे
और एक दिन अचानक
मेरी असहजता में
भाई की बाँहों में चले गए

वे इस तरह गए
कि मज़बूत कर गए
भाई की बाँहें, माँ का दिल
दूर रह रही बहन की मनःस्थिति
और मेरी सहजता
जिसमें वे हमेशा मेरे साथ रहते हैं।

उस रात पानी की चीख़

प्रकाश फैलता है
यात्रा करता है दूर तक
अंधकार ठहरकर
एक के ऊपर एक सतह बनाता हुआ
हर कोट के बाद एक शेड गहरा जाता है
किसी गहरे रंग की तरह

उस गहराई में देखती है वह स्वयं को
जहाँ अंधेरे की परतों के नीचे
दबा हुआ जीवन
कई दफ़ा मृत्यु-सा जान पड़ता है
उस काली खोह में
वह ढूँढ़ती है कुछ पल जीवन के
अभी जीने के लिए
ठीक उस तरह

जिस तरह निचोड़ लेता था वह रंग आख़िर तक
अपनी पेंटिंग के लिए

विन्सेन्ट कहते थे उसे
सितारों से भरी विक्षुब्ध रात!
विक्षुब्ध जीवन!
गहरे नीले रंग का वेगमयी आकाश
गहरी तरंगे ख़ुद में सिमटती हुईं
भँवर की तरह
जो उठा था उसके हृदय से

और वर्जीनिया के हृदय से
किसी कमरे और किताबों की तलाश के चलते
ले गया अपनी गहराई में
क्या सुनी थी किसी ने उस रात पानी की चीख़?

घाट की देह के भीतर बहकर

लेकर समस्त भाव
जीवित मन का
घाट की देह के भीतर
बहती है नदी

शव ढोकर
शव नहीं होती

बहती है नदी
सो जाते हैं जब घाट
ध्यान उनका
नदी पर होता नहीं

घाट के
क्षीण होने पर

नदी बहती है
समुंदर की गहराई में
आहिस्ता-आहिस्ता, शांत-गंभीर
मृदु स्वभाव रख
चिरकाल तक ठहरती है
समुंदर के खारे मन में।

नदी

मन के प्रतिबिंब में
अतृप्ति लिए संसार की
बहती है नदी
गंतव्य की ओर
इच्छाओं के वेग से

बढ़ती अनवरत
होती स्वयं से पूर्ण
तृप्त-सी पहुँचती है गम्य तक
फिर भी रह जाती है शेष मेरे लिए
चिरयुवा नदी
रिक्त नहीं होती कभी।

श्वेत-सत्य

भरी धूप में
अपने तन पर कालिख़ लपेट
काले वस्त्र पहन कर
किसी छाया-सी चलती
वह विक्षिप्त स्त्री भी एक सच है

मुझे कभी तलाश नहीं थी उसकी
किन्तु रोज़ मिलती है मुझे
किसी मुरझाये फूल की तरह
किसी पेड़ से अलग हुए पत्ते की तरह
किसी अपने से बिछड़े हुए की तरह
किसी बिन आत्मा की देह की तरह
किसी झूठ के आवरण में उस अलग सत्य की तरह
जिसे मैंने कभी देखना नहीं चाहा

अपनी कल्पनाओं का श्वेत-सत्य तलाशती मैं
इस प्रकृति को उपेक्षित करती रही
यह भूल कर
कि मेरी सोच के परे
कई ऐसे सत्य हैं
जो केवल सत्य हैं।

इच्छाएँ ईमानदार रहीं

इच्छाएँ पनपती रहीं
उम्र के हर मौसम में प्रतिक्षण
सूक्ष्म जीवों की तरह
लेकर मन का पोषक माध्यम

बंजर नहीं लगी इन्हें कभी
मेरे मन की ज़मीन
इस तरह ये मन के
उर्वर होने का प्रमाण रहीं

जीवन की
विषमताओं में
ये प्रसुप्त हुईं
किन्तु कभी नष्ट न हो सकीं

और समय-असमय
पाकर मौका
जीवन को
संक्रमित करती रहीं

इच्छाएँ अब तक मेरे साथ
बड़ी ईमानदार रहीं

ये रहीं पूरी शिद्दत से
मेरे हर ओर की हवा में
बहती रहीं बनकर साँस
घुलती रहीं लहू में
लेकिन कभी आघात बन कर
हृदय में अटकी नहीं।

ज़िंदगी की आहट

मैंने देखा है ज़िंदगी को
बहुत ध्यान से
देखते हैं जैसे
कमरे का बिखरा सामान
रात की कम रोशनी में
ठोकरें देता हुआ
टकरा जाता है जो पैरों से

सुनी है आहट ज़िंदगी की
रात के सन्नाटे में
किसी ख़राब नल से टपकते पानी की तरह
जो नहीं होती बर्दाश्त देर तक
खीझ उठता है मन
लग जाता है इंतज़ार में किसी अन्य शोर के

महसूस की है
ज़िंदगी की महक
रसोई घर में सिलेंडर से रिसती गैस की तरह
जाती नहीं जिसकी गन्ध
सब जाँच लेने पर भी

कोशिश की है
ज़िंदगी का ज़ाइक़ा लेने की चाव से
मगर जीभ के सबसे भीतरी हिस्से पर
ठहरती है देर तक कड़वाहट इसकी

तजुर्बे और भी हैं–
जैसे पीठ के उस हिस्से की ख़ुश्की
जिसे सहलाने को नहीं पहुँचता हाथ कभी
खड़ा कर देती है वह रोम-रोम
कर देती है मजबूर
रगड़ने को पीठ किसी खुरदुरी सतह से
फिर चाहे रगड़ के निशान हों
या छिल जाये पीठ।

जिजीविषा के नाम एक कविता

मैंने देखा स्वयं को खड़ा
नींद के इस छोर पर
युवा, स्फूर्त, सचेत
उस छोर पर वे
कांतिमय किन्तु उम्रदराज़
जीर्ण किन्तु जिजीविषा लिए हुए
एक ख़ूबसूरत युवक की देखरेख में

मैं देख रही थी उन्हें
एक चिकित्सक की हैसियत से
और वे मुझे ऐसे
देख रही हों जैसे अपना युवा अक्स
अपलक एक स्वच्छ नदी में

और देखते ही देखते
कहने लगीं वे
बचा लो मुझे
बस एक कविता से
थमी हुयी साँसे लिए
गुनगुनाने लगीं
वह कविता जानी पहचानी-सी
जो कभी मैंने
अपनी युवावस्था में लिख़ी थी

उनके गाते ही
दिखने लगी मैं
लिखती हुई वह कविता
बाहर खिड़की के

मैं लिखती जाती
वे गाती जातीं
और देखती जातीं मुझे
कभी खिड़की के बाहर
कभी अपने नज़दीक
जीते हुए मुझमें अपना-अभी।

देह केन्द्रित दुनिया

दर्द में तड़पती देह
कल्पना करती है
बाहर आने की दर्द से

आँखे बंद किये स्ट्रेचर पर लेटी वह युवती
कराह रही है कमर-दर्द से
गुनगुना रही है दर्द की धुन
कर रही है दर्द का ध्यान
बना रही है दर्द का संगीत

इस देह केन्द्रित दुनिया से पृथक
कोई और दुनिया नहीं अब उसके लिए
यहाँ समुद्र-सी विस्तृत हो चुकी है दर्द की देह
और आत्मा मचलती दिख रही

कसैले समुद्र में आ फँसी
मीठे जल की मछली-सी

दर्द के उस आभामंडल के प्रभाव में
देह कुछ देख-सुन नहीं पा रही
न जगह
न आसपास का कोलाहल
न ही उसका नाम
जिसे सुनकर
वह सदैव चैतन्य दिखी

बँध गई है अब दर्द में
बन गई है अलग एक दुनिया
जैसे अंधकार से भरा
ध्वनिरहित कमरा
जहाँ नहीं कोई पुकार आत्मा की।

गाँठ

कुछ संकोच और भय से
देख रही थी वह
टटोल कर
दर्पण के आगे
अनावृत अपने स्तन

उनमें से
कुछ अलग महसूस
हो रहा था एक
उदास, रूठा हुआ
जैसे पड़ा हो अचेत

दर्द से भरे
उस भारी स्तन में
धँसी हुई थी एक गाँठ

जो बढ़ती जा रही थी
दीमक की तरह–खाती जा रही थी
उस स्तन से जुड़ी
एक-एक याद

याद!
उनके देह में आने की
बढ़ने की
सँवरने की
कुछ अप्रिय यादों का
हिस्सा बनने की
कुछ प्रेम के अंतरंग लम्हों की
प्रिय याद में बदलने की
अपनी कोख़ से जन्मे शिशु का
उदर तृप्त करने की

उसने देखा
कि ठस्स हो गया है वह
इतना, कि हृदय के पास होते हुए भी
अनसुनी कर रहा है हर बात
उसके मन की

वह अब और नहीं रहना चाहता
देह में उसकी।

टूटी हुई रीढ़ का मरीज़

टूटी हुई रीढ़ का मरीज़
खड़ा नहीं हो सकता
अपने पैरों पर

धँसता जाता है वह
बिस्तर में
नीचे
बहुत नीचे तक

इतना कि
पिघलने लगती है
उसकी देह
उसके वज़न के नीचे
दर्द की दहकती हुई आग से

मुड़ नहीं पाता वह
इधर-उधर अपने आप
और गलती जाती है उसकी त्वचा
बेजान पत्तियों की मानिंद

टूटी हुई रीढ़ का मरीज़
फँसता जाता है
गिरफ़्त में
बीमारियों की
बेवजह

वह नहीं कर पाता
अपनी दिनचर्या के काम
नहीं ले पाता
भरपूर साँस
छाती फुला कर अपनी

नहीं कर पाता फ़र्क वह
दिन और रात में
जागने सोने में
हँसने और रोने में

टूटी हुई रीढ़ का मरीज़
देखता है मौसमों को
बदलते हुए
अपनी खिड़की के
शीशों से

देखता है वह
अपने इर्द-गिर्द
की दुनिया को
हर रोज़
थोड़ा-थोड़ा
घटते हुए।

अस्पताल

अस्पताल के
रजिस्ट्रेशन काउंटर के सामने
जमा क़तारें

वहीं अपनी इच्छा के विरुद्ध
ऊबी हुई कुर्सियों पर बैठे
रोगग्रस्त देहों के समूह
शून्य चेहरे लिए
कर रहे हैं अभिवादन
एक-दूसरे का

चिकित्सक के इंतज़ार में
काट रहे हैं
सदियों से लम्बे पल

बिखरे पर्चे, बेतरतीब बीमारी के बीच
चीख़ कर नाम पुकार रहे हैं अटेंडर
पूछ रहे हैं अनेक ऐसे प्रश्न
जो दरअसल प्रश्न ही नहीं

घूम रहे हैं चारों ओर
मरीज़ों की तकलीफ़ के खरोंच भरे निशान लिये
ज़ंग लगे स्ट्रेचर
टूटी व्हीलचेयर
बैठी है जिस पर एक रोगग्रस्त देह
मचा हुआ है उसके भीतर कोलाहल

संघर्ष की दहलीज़ पर खड़ा है वह
ढो रही है उसकी स्त्री उसे
जीवित लाश की तरह

घूर रही है समय को इतना
कि डर के मारे आगे नहीं बढ़ पा रहा समय

शक है उसे
पति की गंभीर बीमारी पर
चिकित्सक के इलाज पर
अपने हिस्से के प्रेम पर
मरीज़ के जीवित बच पाने पर
अपनी हैसियत पर
अपने भगवान पर

सहसा पड़ती है
उसकी नज़र
व्हीलचेयर पर बैठे
अपने पति के चेहरे पर
देखकर जिसकी
लाल आँखे, धीमी साँसे
खिंची हुईं नसें
ज़ोर से धकेल देती है
वह व्हीलचेयर

लटक जाता है मरीज़
पीछे लाती है वह खींचकर
निकलता है बाहर
सदियों से दबा हुआ लावा–
खून की दुर्गंध भरी उलटी बनकर

खून से लथपथ
चीख़ती है वह–डॉ. साहब!
कोई बचा लो इन्हें!
और हो जाती है बेहोश
कई घंटों के लिए।

रात रोती नहीं

चलती है वह दिन के मन में निरंतर
मिलती है सभी से बिन रुके

करती है एकत्र
दुःख
पीड़ा
अंधकार
भय
हरेक मन का

बढ़ती है शाम की ओर
पहुँचाने प्राणी मात्र को
उनके गंतव्य तक
और निकल जाती है
एकान्त में

ओढ़ कर अंधेरा
भर कर व्यथा अपने हृदय में
गहरे होते सन्नाटे की

वह थकती है
पर सोती नहीं
उनींदी-सी
सदियों से जाग रही है रात

वह अनंत दुःख के गर्भ में
कई सूर्य पाल रही है
जैसे पाला था कृष्ण को कभी
जन्म देते ही वह
त्याग देती है सूर्य को
जैसे त्यागा था कृष्ण को कभी
सृष्टि के लिए

प्रतिदिन
सहती है संताप
रुँधे गले और फलते वक्ष का
फिर भी मुस्कराती है रात
चंद्रमा में, सितारों में
रातें रोती नहीं कभी

आदत

कुछ परेशान थी वह
बरसात के ठीक पहले
मिला था उसे काम
साफ़ करने का नालियाँ
और शहर के गड्ढे

उमस भरी गर्मी
कीचड़ सनी देह
बदबू के झोंकें
कैसे हो सकती है आदत इस काम की?

कई दिनों से करते हुए यह काम
झुक चुकी थी वह लाखों बार
फेंक चुकी थी करोड़ों-करोड़ डब्बे कीचड़ के
उछाल कर आसमान में

जैसे रंग रही हो वह उसे
अपने गहरे दुख से

इक दिन
रंग कर मुझे भी कीचड़ से
ज़ोर से हँसने लगी वह

अपनी डबडबाई आँखों के साथ
मन में ग्लानि और
देह पर बदबूदार कीचड़ लिए
वहाँ से भाग गई मैं

लोगों से नज़रें बचाकर
पहुँची अपने कमरे तक
धोने लगी कीचड़
अपनी देह से
कपड़ों से
मन से
जो छूटता ही नहीं

उबके आते रहे
चीख़ती रही मैं
रोती रही
कोसती रही उसे
इस हरकत के लिए

सो गई उदास होकर
और जब जागी
तो इस सवाल के साथ
कैसे हो सकती है आदत इस काम की?

वे तीन चिड़ियाँ

(अन्तोन चेखव के 'थ्री सिस्टर्स' नाटक पर आधारित)

अलग-अलग पिंजरे में बंद
एक दूसरे की ओर
देखती हुईं वे तीन चिड़ियाँ
भरी हुईं हैं दुःख से
कभी ख़ुद के
कभी एक-दूसरे के

पिंजरे के बाहर दिखती है
अनेक रंगों से सजी धरती
दूर साफ़ आकाश

फड़फड़ाते पंखों में टूटती है
उनकी आकुलता

कई बार
उड़ने की होड़ में

मुक्ति की आस से देखती हैं
एक उड़ती हुई चिड़िया की ओर
कुछ ही क्षण में जो
आ बैठती है पेड़ पर
ढँक लेती है स्वयं को
पत्तों के आवरण से

वे ढूँढ़ती हैं उसे
पुकार कर
हटाना चाहती हैं उसका आवरण
देखना चाहती हैं मुक्त उसे
स्वयं के साथ

देखती हैं वे
अपने मन के दुःख की छाया
अपने पास पड़ी धरती के चेहरे पर
और बहते हुए दुःख
उसकी आँखों से
उन आँसुओं की गर्म आँच से
महसूस करती हैं वे
अपने आस-पास
दिन और रात को झुलसते हुए
और लौट आती हैं

अपने ही मन के भीतर के शांत कोने में
टटोल कर दुःख के मौन क्षण
बैठ जाती हैं पंख पसार कर
कभी न उड़ने के लिए...

बिन नींद के सपने

एक चिड़िया नींद की
जोड़ कर बिखरे सपने
बनाती है एक घर

उन सपनों में किसी एक की गोद में
करती हूँ आराम
मैं कुछ देर
बैठ जाती है वह भी
मेरे जूड़े की खोह में
लेकर आँखों में नींद
और चोंच में सपना

चिड़िया के उस सपने में
स्त्रियाँ बरसों से जाग रही हैं
उलझे, खुले केश लिए वे

अपने भीतर
नौ महीने का गर्भ पाल रही हैं

उनके कंधों पर बैठी हैं चिड़ियाँ
कोई नींद नहीं उनकी आँखों में
न चोंच में सपना
और स्त्रियों ने भूल कर स्वयं को
रख दिये हैं सपने
अपने गर्भ में पल रहे शिशुओं के नीचे

अब संभव नहीं वहाँ
नींद बिन सपने के
और बिन नींद के सपना

नींद की प्रतीक्षा में
स्त्रियाँ, ढूँढ़ रही हैं
एक रात ऐसी
जो तोड़कर यह दुष्चक्र
दे जाए उन्हें एक सपना या कुछ देर की नींद

ऐसी एक रचनात्मक रात
के पास से गुज़रते हुए
कुछ सपने रच लिए थे मैंने
और मेरा सबसे प्रिय सपना
मेरी आठ माह की बेटी
मेरे गर्भ में छोड़ चली गई

अपने उस सपने को पकड़,
पहुँच जाती हूँ मैं चिड़िया के सपने तक
जिसमें स्त्रियाँ सुर्ख़ आँखे, सूजे पैर, सूखे होंठ
उलझे खुले केश, दर्द भरा वक्ष
परिपक्क गर्भ लिए
केवल जाग रही हैं
बदहवास इधर से उधर भाग रही हैं

मैं रोकती हूँ उन्हें आवाज़ देकर
वे रुकती नहीं

मैं करती हूँ कोशिश
ढूँढ़ने की प्रथम उस स्त्री को
जो पहुँची थी इस दशा में कभी
वह खो गई है कहीं

मैं रोकती हूँ चलने से
मुझे दिख रही आख़िरी स्त्री को
वह भी सुनती नहीं

मैं उठाकर चिड़िया उसके कंधे से
चुगा देती हूँ उसे कुछ सपने
उड़ने लगती है वह
उसके उड़ते ही,
अनंत गुना हो जाता है सपना
फैल जाता है हर ओर
आ जाता है सभी चिड़ियों के समीप

उस सपने की छाँव में
स्त्रियाँ रुक कर
केशों को अपने बाँध रही हैं
दिख रही है नींद उनकी आँखों में
वे अब कुछ पल को सो कर जाग रही हैं

दे रही हैं जन्म शिशुओं को
नींद से लौटते हुए
देख रही हैं एक ओर
उसे चैन से सोते हुए
दूसरी ओर अपना सपना

वे खिड़की पर बैठी चिड़िया को देख मुस्करा रही हैं।

झुनझुने

जानती हूँ मैं
कि समस्या केवल लिखने से हल नहीं होती
लिखा सदियों से जा रहा है
और समस्या जस की तस

स्त्रियाँ अवैध हैं
सदियों से
घर में, घर के बाहर
होती हैं जैसे झुग्गियाँ अवैध
बस्ती में, बस्ती के बाहर
जिनका न कोई वर्तमान है, न भविष्य
क्योंकि, समाज को नाज़ है
पुरुषों पर
ऊँचे मकानों पर
बुलडोज़र पर

बुलडोज़र झुग्गियाँ तोड़ते हैं
घर चीख़ उठते हैं
इमारतें मंद-मंद मुस्कराती हैं

उन झुग्गियों में रहने वाले पुरुष
उनके ढ़हने पर
अपनी स्त्रियों को कोसते हैं
नोचते हैं
तोड़ते हैं
समाज का ऊँचा तबका
सुबह अख़बार में पढ़ता है
तच्च तच्च च्च्व्व...करता है

अधिकांश स्त्रियों के पास
अख़बार पढ़ने का समय नहीं
वे पुरुषों से सुनती हैं ख़बर–
शहर के विकास के लिए
तोड़ दी गईं हैं झुग्गियाँ
अवैध थीं
वहाँ अब नया मॉल बनेगा
तुम ख़रीदारी करने जा सकोगी
नई जगह-
और तृप्त-सी हो जाती हैं वे
(उन्हें ऑर्गेज़्म की तलाश जो थी सदियों से)

लहू-लुहान झुग्गियाँ
सड़क पर बँट रहे
आधे पेट फ़ूड पैकेट्स से करती हैं संतोष

बुलडोज़र अपनी वहशत
और फ़रमानपरस्ती से हैं इक्तिफ़ा
स्त्रियाँ सोशल मीडिया पर
अपने अधिकारों की लड़ाई लड़ अघा गयी हैं
समाज अपनी संरचना पर इठला रहा है

जब मैं यह लिख रही हूँ
एक झुनझुने वाला, ढेर सारे झुनझुने लेकर निकल रहा है
बच्चे उसके पीछे भाग रहे हैं
(उनमें झुग्गी के बच्चे भी शामिल हैं)
स्त्रियाँ अपनी बालकनी से बच्चों को
भागते देख रही हैं
(मुझे नहीं पता ये बच्चे ऑर्गेज़्म मिलने के बाद हुए थे या नहीं)
समाज इस दृश्य पर इतरा रहा है।

महान हुनर

पता नहीं
अपराध था या नहीं
जब दादा की नज़रों से बचाकर रखे
बीड़ी के बंडल से
दूर गली में जाकर
मैंने बीड़ी का पहला कश खींचा था

तब इल्म नहीं था
अपने भीतर की लौ का
उस दिन पी गई थी मैं
बीड़ी के साथ-साथ
अपना एहसास-ए-कमतरी

और उस दिन से
अधिक हो गई थी मैं

अधिक बड़ी
अधिक निडर
अधिक विद्रोही
अधिक बदतमीज़
अधिक ग़ैरज़िम्मेदार
और अधिक संवेदनशील

बीड़ी के बंडल को
पूरा पी लेने की चाहत लिए
अपनी बेतकल्लुफ़ी में
छानती रही छोटी-छोटी गलियाँ
जहाँ मिली मुझे
घर के बाहर की
बेपर्दा, बेपरवाह दुनिया
यहाँ गलियाँ
नालियों से बटी-बटी
आपस में सटी-सटी
एक-दूसरे के कान में
फुसफुसाती

चटख़ारे ले-ले कर
एक-दूसरे को एक-दूसरे के
क़िस्से सुनाती

इसी सँकरी गली में
मिट्टी के मकान में रहती थी

एक बूढ़ी अम्मा
जो नमीदार सूखे तेंदू पत्ते से
बीड़ी बनाती
वह पत्ते की नसें काटकर
उसमें बारीक तंबाकू भर
उसे शंकु के आकार में
बारीकी से घुमा कर
एक महीन-सा धागा चढ़ाती

और इस तरह कर गई वह मुझे संस्कारित
बीड़ी बनाने के ऐसे महान हुनर से
जिसे सीखने से जीवन में कभी
बेरोज़गारी नहीं आती।

पृथ्वी का समीकरण

किसी को हो ना हो
मेरे देश के दरिद्र को
पृथ्वी के गोल होने का भान है
जिसके पीछे उसका अपना गणित और विज्ञान है

उसे अर्थ की तलाश है
अनर्थ से गुज़रता हुआ वह
सड़क के किनारे
लगाता है ठेला
फल, सब्जी, खिलौनों का
खोलता है दुकान
मोची, पंचर, लुहार की
बेचता है मिट्टी के बर्तन
और किसी पंछी की तरह
बसा लेता है घर वहीं

दिन-रात चक्कर पर चक्कर काटता
वह कभी पहुँच नहीं पाता कहीं
जहाँ से करता है प्रारंभ
रहता है वहीं का वहीं
जबकि नहीं जानता वह
परिधि का सूत्र–टू पाई आर है
जहाँ पाई स्थिर
आर त्रिज्या
बुद्ध है! द्दष्टा है! सर्वज्ञ है!

वह चींटी की तरह
राशन की लंबी क़तारों में लगा हुआ
नहीं कर पाता तय अंत तक
मुड़ने की दिशा
अपना मत
नहीं जता पाता अपना विरोध
नहीं हो पाता किसी से सहमत

अनभिज्ञ वह
चलता जाता है
पनचक्की के पात्र-सा
घर से घर तक
नुक्कड़ से नुक्कड़ तक
अपनी सड़क से अपनी सड़क तक
अनजान इस तथ्य से
कि बिन विस्थापन किया गया कार्य
उदासीन है
अर्थहीन है
शून्य है।

रसायन से चलती है स्त्री

रसायन से चलती है स्त्री
एक जैसा नहीं रहता उसका मन
इसलिए हमेशा हँस नहीं सकती

उसके भीतर हर समय चल रही
रसायनिक क्रिया से
उपजता है असंतुलन
जिसे काबू करने को
गैलनों पानी डालना होता है उसे
अपनी भावनाओं पर

प्रगाढ़ है
स्त्री और पानी का संबंध
वे चाहते हैं देखना स्त्री को
भरा पानी से

इसलिए
जितना पानी
उतने ही पात्र हैं
स्त्री के भीतर

मेरी माँ कहती है
बच्चे को पोसते हुए
गागरों से दूध पिला देती है एक स्त्री

वह सब कुछ
बेहिसाब देती है
और इस उदारता में
सबसे अधिक गँवाती है अपना समय
इसलिए अलग है
उसके लिए घड़ी के मायने

वह देखती है घड़ी में
सबसे पहले उसके डायल का आकार
पट्टे का रंग
फिर समय
जिसकी पाबंदी से परे है उसका मन
इसके विपरीत
स्त्री देह है एक अनुशासन

अनुशासित देह और स्वच्छंद मन
शायद अपर्याप्त संघर्ष थे जीवन के लिए

जो उसे गाढ़े दाग़ों की काया के साथ
बेदाग़ जीवन जीने का फ़रमान मिला
जिसे जीती रही वह –
क़रीने से

जबकि होनी चाहिए
उसे आज़ादी
बड़े-बड़े धब्बों के साथ
शान से जीने की।

और इन सब के बीच

(1)

एक पॉश कॉलोनी के बड़े मकान में
रंगी दीवारों, बंद खिड़कियों के बीच
रहती है बड़े आदमी की औरत
जो नहीं दिखती
कमरे की दीवार पर टंगी
विदेशी मशहूर चित्रकार की
पेंटिंग में बनी
सुडौल न्यूड जैसी

समय से तेज़ भागती
एक महँगी दीवार घड़ी
उसकी जवानी को
तेज़ी से पीछे छोड़ चुकी है

चिर युवा उसकी आकांक्षा
ड्रेसिंग टेबल के आईने में
किसी दाग़ की तरह
साफ़ दिख रही है

बँधे दिख रहे हैं उसके पैर
वजन तौलने के पैमाने से
जो घिसटता हुआ
पहुँच जाता है उसके साथ
हर कहीं

(2)

सड़क किनारे की
कमज़ोर बस्ती में
कच्चे मकान की दीवार पर लगे विज्ञापन में
रहती है
कुपोषित एक स्त्री

दिखाई देती है वह
वहाँ रह रही हरेक स्त्री जैसी
झाँकती हुई अंधेरे झरोखों से
दुनिया बाहर की

उसके घर के भीतर–
कमी है ज़मीन की
ज़रूरत के सामान की

है चकमक एक आईना
किसी चेहरे का आभास
जो साफ़ दिखाई देता नहीं

और नहीं दिखाई देता
उसका कमज़ोर शरीर
रिक्त उदर
लगातार गिरता प्रसव
लड़खड़ाया अस्तित्व
जैसे फर्श पर ढुलकती ख़ाली बोतल कोई

(3)

सड़क के पास
एक बेतरतीब मल्टीस्टोरी इमारत में
किराये से रहती है
एक स्त्री
ठसाठस सामान के बीच
औरों के लिए जगह बनाती
अपने-आप में सिकुड़ती हुई

जिसका गवाह है आईना
टंगा हुआ सटी हुई दीवारों के बीच
उसके सामने से कई बार गुज़रती है वह–
उपेक्षित-सी!

पहुँचती है अपने कमरे तक
खोलती है दराज़ अलमारी की

निकालती है बाहर हिफ़ाज़त से रखी एक डायरी
लिखती है उसमें हर दिन का हिसाब
कोई कहानी-कविता नहीं

रात आती है–सो जाते हैं सब
जागता है आईना
जिसमें दिखती है वह दूर से
तलाशती प्रेम
पति की थकी-माँदी आँखों में
लुप्त हो जाने पर जो चीख़ रहा है
बनकर दर्द कमर का उसकी

(4)

चलती रहती हैं ये स्त्रियाँ
साथ लिए शोर
अपने दुःख का
जो रहता है इनके भीतर निरंतर
फैक्ट्री में चल रही मशीनों के
कोलाहल की तरह

और इन सब के बीच
पूरी कर लेता है
एक कथाकार
अपनी कहानी की किताब
जिसका शीर्षक है–
स्त्रियाँ चुप नहीं रह सकतीं कभी।

नेहल शाह

नेहल शाह का जन्म गाडरवारा, नरसिंहपुर, मध्य प्रदेश में हुआ।

शिक्षा: बरकतुल्लाह विश्वविद्यालय (भोपाल) से फ़िज़ियोथेरेपी में स्नातक, 'सैम हिगिनबॉटम कृषि, प्रौद्योगिकी एवं विज्ञान विश्वविद्यालय' (प्रयागराज) से कार्डियोथोरेसिक फ़िज़ियोथेरेपी में स्नातकोत्तर, सिंबायोसिस अंतरराष्ट्रीय विश्वविद्यालय (पुणे) से फैकल्टी ऑफ हेल्थ में पीएचडी।

हिन्दी की लगभग सभी प्रतिष्ठित साहित्यिक पत्र-पत्रिकाओं में कविताएँ प्रकाशित, साथ ही समीक्षा और आलेख भी। रेनर मारिया रिल्के एवं टी. एस. इलियट की कविताओं के अनुवाद हिन्दी भाषा में प्रकाशित। *इस सदी के सामने* (साझा संकलन) में कविताएँ शामिल। दूरदर्शन एवं आकाशवाणी में कविता पाठ एवं पुस्तक चर्चाओं में शामिल।

चित्रकारी में विशेष रुचि। राष्ट्रीय-अंतरराष्ट्रीय चित्रकला प्रदर्शनी में चित्र चयनित, आर्ट फॉर कॉज़ द्वारा जारी की गई विश्व की शीर्ष 50 महिला आर्टिस्ट की सूची में शामिल।

राष्ट्रीय एवं अंतरराष्ट्रीय शोध पत्रिकाओं में चिकित्सीय शोध पत्र प्रकाशित, जिनमें भारतीय आयुर्विज्ञान अनुसंधान परिषद (आईसीएमआर) की शोध पत्रिका *इंडियन जर्नल ऑफ मेडिकल रिसर्च* एवं ऑस्ट्रेलिया से प्रकाशित फ़िज़ियोथेरेपी की सर्वश्रेष्ठ शोध पत्रिका *जर्नल ऑफ फ़िज़ियोथेरेपी* भी शामिल।

पुरस्कार एवं सम्मान:

1. फ़िज़ियोथेरेपी अनुसंधान में महत्त्वपूर्ण योगदान के लिए **युवा वैज्ञानिक पुरस्कार, 2022**
2. फ़िज़ियो-एक्सीलेंस अंतरराष्ट्रीय सम्मेलन में **स्वाभिमान सम्मान, 2023**
3. कविता विधा के लिए मध्यप्रदेश हिन्दी साहित्य सम्मेलन का प्रतिष्ठित सम्मान **पुनर्नवा पुरस्कार, 2023** प्राप्त

संप्रति: क्लिनिकल कार्डियोथोरेसिक फ़िज़ियोथेरेपिस्ट एवं स्वतंत्र लेखन।

संपर्क: डॉ. नेहल शाह, फ़िज़ियोथेरेपिस्ट,
आईसीएमआर, भोपाल स्मारक अस्पताल एवं अनुसंधान केंद्र,
करोंद, भोपाल (462038)

मोबाइल: 9424442993

ईमेल: nehalshahraviraj@gmail.com

www.ingramcontent.com/pod-product-compliance
Lightning Source LLC
LaVergne TN
LVHW090407051026
849518LV00006B/2262
* 9 7 8 9 3 5 6 8 2 5 6 8 0 *